Bérangère Portalier

GÉNÉRATION PUISSANTE

illustrations de Walter Glassof

Actes Sud junior

W0342492

Nous sommes les conséquences de vos actes

Pendant
que vous tergiversez,
nous grandissons.

GÉNÉRATION PUISSANTE

Nous sommes nés au cœur de l'hiver écologique

Aujourd'hui, nous sommes des millions.
Nous sommes plus puissant·e·s que vous !
GÉNÉRATION

Pour l'humanité,
pour la jeunesse,
nous allons sauver
le monde !

C'EST QUOI LE PROBLÈME ?

Les humains croient aller vers la modernité, mais ils ne font que construire un mur pour cacher les tas d'ordures qu'ils accumulent.

Nous avons lu les livres.
Nous savons que les animaux
souffrent de la pollution.

Nous connaissons
les études.
Nous savons
que le climat
se réchauffe.

Mais la planète
ne risque pas
de disparaître,
elle fait toujours
face aux problèmes.

On sait que certains poissons
adaptent leur morphologie pour mieux
s'échapper des filets dans les zones de surpêche.
Certaines plantes limitent leur taille de façon
à mieux vivre malgré la pollution.

Dans l'équilibre actuel,
nous proliférons,
mais on ignore
si ce sera encore le cas
dans un environnement
qui compte plus de déchets,
plus de CO_2, et moins d'abeilles
par exemple.

Les changements climatiques
et environnementaux vont modifier
l'équilibre entre les espèces. Certaines
deviendront plus nombreuses et d'autres
vont se raréfier. Celles qui s'adapteront
le mieux en sortiront gagnantes. La sélection
naturelle fonctionne toujours.

Les humains
feront-ils partie
des espèces qui
s'en sortiront bien ?

Moins nous dégradons la nature,
moins il y aura de bouleversements écologiques,
donc moins les humains risqueront de voir
leurs conditions de vie se dégrader.

LES ADULTES À LA RAMASSE...

On se retrouve
à angoisser
à cause du climat
qui se réchauffe
et de la biodiversité
qui disparaît,
alors qu'on n'est
que des ados.
On n'a aucun
pouvoir.

C'est pas nous qui
faisons les courses,
pas nous qui choisissons
les vacances, la maison,
la voiture.

Éventuellement,
on nous écoute
sur le choix
des céréales,
et encore...

On est supposé·e·s avoir des parents pour nous protéger et préparer notre avenir. Nous laisser une planète habitable, ça aurait dû faire partie de leurs préoccupations.
Moi, ma mère fait des réserves, persuadée qu'on va bientôt manquer de vivres, alors que mon père nie tout problème écologique.
Quand je les entends se disputer sur l'avenir de la planète, ça me donne envie d'aller me faire adopter ailleurs.
Moi, je crois qu'ils manquent d'imagination. Pour eux, soit le monde va rester tel qu'ils le connaissent, soit il va disparaître. Ils n'arrivent pas à imaginer autre chose.
Il·elle·s sont victimes de leur propre obsolescence programmée...
La vie, au contraire, c'est l'imagination, l'adaptation. Ce physique de rêve ne vient pas de nulle part. C'est tout un processus pour sculpter une silhouette pareille !

C'EST QUOI L'EFFONDREMENT ?

Certain.e.s pensent que nous allons vers un effondrement de notre civilisation. On les appelle les collapsologues.

Rien que leur nom fait peur. C'est fait pour marquer les esprits... et ça marche. Ça donne l'impression que tout va mourir.

C'est très difficile de parler d'écologie. Comment motiver les réfractaires sans accabler tout le monde d'angoisse ? Comment ne pas nier le problème, mais ne pas le surdramatiser non plus ? Que penser de cette histoire d'effondrement ? Ce qui va s'effondrer, ce n'est pas la planète ni la vie sur Terre. Ce qui va s'effondrer, c'est le fait que notre société fonctionne sur les énergies fossiles, comme le pétrole.
Et vu la pollution que ça produit, ça serait plutôt pas mal d'y réfléchir. C'est pas forcément une mauvaise nouvelle de devoir tout réinventer.

Nous sommes en train de vivre un moment incroyablement important de l'histoire du monde et on va assurer !
On va pouvoir tout recréer, de nouveaux rêves, de nouveaux modes de vie, de nouveaux plaisirs.
Fini, les générations molles ! La nôtre sera puissante !
De nouvelles façons de produire la nourriture et l'énergie, de nouvelles façons de voyager !

RÉDUIRE LES INÉGALITÉS, PAS LES POPULATIONS

C'est ce qu'on appelle le malthusianisme, du nom du 1er type qui a théorisé ce problème, Malthus.
Alors certains en concluent qu'il faut limiter les naissances. Moins d'humain·e·s, moins de problèmes.
Sauf que même si ça paraît logique, ça n'est pas la réalité.

Les populations qui vont augmenter dans les années à venir sont celles des pays en développement, et particulièrement les pays africains dont le niveau de vie est encore bas.
Ces populations pauvres n'émettent que très peu de CO_2, ne produisent que très peu de déchets et ne consomment quasiment pas de ressources.
Ce ne sont pas elles les responsables de l'état de la planète.
Ce sont les 10 % les plus riches qui émettent 52 % des émissions dues au mode de consommation. La plupart d'entre eux·elles sont américain·e·s, puis européen·ne·s, puis chinois·e·s.
Ce sont aussi les plus riches qui consomment beaucoup d'énergie fossile de métaux rares, et qui produisent l'immense majorité des déchets.

USA
EUROPE
CHINE
AFRIQUE

JE CULPABILISE

On ne va pas attendre les bras croisés que les problèmes écologiques se résolvent tout seuls.

Plein de choses
sont faciles à faire,
comme trier ses déchets,
éteindre les lumières,
ne pas laisser couler
l'eau pour rien.

Même mon grand frère
s'y est mis sans trop
faire la gueule.
Ça fait plaisir d'agir
pour la planète.

Oui mais on devrait
faire plus.
Déjà, j'arrive pas
à me passer d'internet,
alors que je sais
que les ordinateurs
et serveurs polluent
quand on les fabrique,
quand on les utilise
et aussi quand on les jette.
Je m'en veux beaucoup.

Oui, le monde
est tellement organisé
autour du numérique,
on ne sait même plus
penser autrement.

Il faut en prendre
conscience
et l'utiliser
intelligemment.

Même moi je suis critiquée
à cause de mes prouts
pleins de méthane.
Et là je pose la question :
est-ce qu'on ne
se moquerait pas de moi ?

Supprimer les vieux mails,
se désabonner des newsletters,
vider sa corbeille et puis surtout,
débrancher de temps à autre
et aller faire autre chose !

Je me demande
si Greta Thunberg
est aussi attentive
à tout ce qu'elle fait.
Ça ne lui arrive
jamais de manger
un légume pas bio ?

Greta Thunberg,
tout comme moi,
rejette du CO_2.
Elle doit se nourrir,
se loger, se chauffer,
se déplacer.
À quel moment
sa consommation,
comme la mienne,
devient excessive ?

Primo

Nos besoins dépendent de l'organisation de la société qui nous entoure. Chaque personne a ses impondérables en fonction de sa situation. Pour certains, c'est la voiture, pour d'autres, ce sera l'informatique. C'est comme ça.

Et les vaches
pètent.
C'est comme ça
aussi.

Secundo

Tout le monde n'a pas les mêmes convictions.

Moi, ce que je veux, c'est que les animaux vivent en liberté, mais ça me paraît être dans l'ordre des choses qu'on en tue pour se nourrir, alors je ne mange que du gibier tué à la chasse.

Moi, je ne mangerai jamais de viande, c'est impensable. Pas de poisson non plus. Pauvres animaux !

Moi, la chasse, ça me choque. L'important, c'est que la viande que je mange soit issue de l'agriculture bio.
Moi, je ne mange pas de viande, car les élevages émettent trop de CO_2. Mais je mange du poisson.
On n'est pas obligés d'être tous d'accord, mais on a le devoir de réfléchir et d'évoluer vers ce qui nous paraît juste.

Tertio

À partir d'un certain niveau d'engagement concret, ça n'est plus sur les petites actions du quotidien qu'il faut agir, mais sur des actions collectives. On ne cherche pas une Wonderwoman ou un Superman qui mènerait une vie parfaitement écologique. On cherche à agir sur le fonctionnement global de notre société. C'est la différence entre la responsabilité individuelle et la responsabilité collective.

Sortir de la crise écologique sera une réussite commune. Il faut prendre ta place dans le combat de ton époque, et non porter sur tes frêles épaules la culpabilité de civilisations entières.

L'ÉCOLOGIE POUR SOI OU POUR TOUS ?

Même en étant un·e écologiste convaincu.e, on peut se tromper et s'engouffrer dans des impasses. Par exemple, quand les générations précédentes ont voulu faire de l'écologie sans changer le système, elles ont compensé leurs émissions de carbone en plantant des arbres, elles ont trié leurs déchets pour les recycler. Elles ont tenté de polluer moins mais, dans le même temps, elles ont augmenté leur consommation, donc l'impact a été très insuffisant. Pourtant, même en faisant hyper attention, tu ne pourras pas atteindre la neutralité carbone tout·e seul·e. Par exemple, pour que tu consommes moins d'électricité, il faut arrêter de mettre de l'électronique dans tous les objets du quotidien. Pour que tu utilises moins de transports, il faut que les magasins, les services, les collèges soient accessibles à pied ou en vélo. Il va donc falloir tout réorganiser : l'économie, le commerce, l'agriculture, l'industrie…

C'est pour cela que celles et ceux que l'on appelle les survivalistes ne proposent pas une solution utile. Ces personnes sont persuadées qu'un truc terrible va arriver, façon film catastrophe américain, qui entraînera la fin de toute société.
Alors elles s'entraînent à survivre seules, prêtes à défendre leur stock de conserves contre un·e éventuel·le affamé·e qui voudrait les voler.
Alors qu'il faut faire l'inverse. On a besoin de créer une société qui fonctionne, de mettre en œuvre des actions à grande échelle, et qui profitent à tous.

Il y aura de la place pour tou·te·s les rêveur·se·s, tou·te·s les entrepreneur·se·s, tou·te·s les bricoleur·se·s, tou·te·s les penseur·se·s. Mais le but reste de vivre tous ensemble. Pas de vivre seul·e·s en dehors de la société. Pour cela, on peut se baser sur les initiatives lancées à petite échelle et les faire grossir : celles et ceux qui se sont lancés dans l'agriculture bio, qui ont organisé des circuits courts, qui sont passés au solaire, ou qui ont construit des maisons passives. Ces pionnier·ère·s ont proposé une vision de l'avenir. Et ça fait un bien fou : on sait dans quelle direction aller.

Maintenant, l'urgence est de généraliser, et c'est ce que va faire notre génération.

C'est ici que l'écologie devient un problème très très très politique.
Si un jour l'eau et la nourriture viennent à manquer, ce seront les pauvres qui en pâtiront. Les populations riches sont les responsables de la situation, mais elles sont aussi les mieux armées pour s'adapter.
Il va falloir travailler à une nouvelle répartition des richesses dans un monde qui va consommer moins.
Seul un formidable effort collectif pourra mener cette mission.
Et ce qui organise le collectif, c'est la politique. Du coup, pas le choix.
Il va falloir sortir de son potager en permaculture et discuter tou·te·s ensemble.

AVOIR UN IMPACT POSITIF, ON SAIT FAIRE

Dans le passé, on a déjà eu quelques belles réussites.
Par exemple, à la fin du XIXe siècle, on avait dénombré moins de 100 rhinocéros blancs du Sud.
Des aires protégées avaient alors été créées pour limiter le braconnage, et paf !, on se retrouve aujourd'hui avec plus de 20 000 individus.
C'est devenu le rhinocéros le plus répandu au monde !

Nous autres, les faucons crécerelles de l'île Maurice, on s'est fait une belle frayeur quand on s'est retrouvés à 4 péquenauds dans les années 1970. Grâce à un programme de protection, nous sommes plusieurs centaines aujourd'hui.
Bon, on n'est pas encore complètement tirés d'affaire, mais on commence à se détendre un peu.

On sait faire avec les espèces,
mais aussi avec les écosystèmes.
On sait même agir à l'échelle mondiale.
Ça s'est déjà vu, avec l'histoire
du trou dans la couche d'ozone.

Le monde s'est enfin inquiété de l'influence des gaz dits CFC, utilisés par l'industrie, dans la formation de ce trou.
Les hommes et femmes politiques du monde entier ont fixé la fin de l'utilisation de ces gaz pour 1994. La durée de vie de ces molécules est très longue, donc tout n'est pas encore résorbé, mais on sait aujourd'hui que le trou de la couche d'ozone a rétréci et ça continue !
On a donc déjà su s'organiser mondialement pour sauver la planète d'un cataclysme.
Tous les pays ont su s'entendre pour faire face à un danger commun. Ça a été une sacrée victoire !

COMMENT S'EN TIRE L'EUROPE ?

Pour l'instant, l'Union européenne a un bilan mitigé. Certaines nouvelles sont très bonnes. Par exemple, l'Europe a fait baisser sa consommation d'énergie au niveau de 1990.

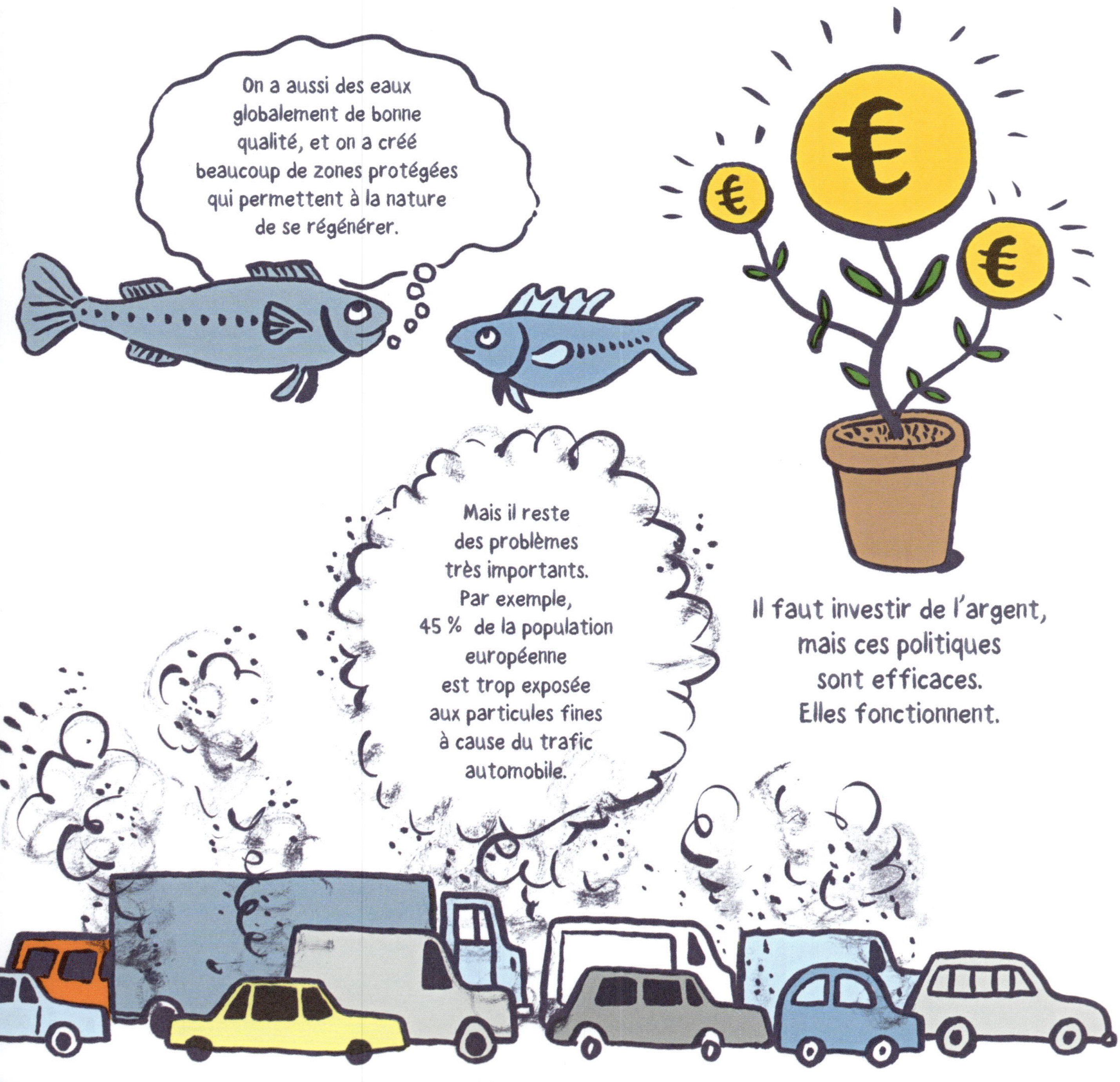

Interdire l'utilisation de produits polluants, améliorer les procédés industriels et la production d'énergie, instaurer des normes contraignantes dans la construction des bâtiments. On sait faire. On peut aussi organiser les transports en commun et la valorisation des déchets, décourager l'utilisation des voitures, soutenir des modes d'agriculture plus vertueux, etc.

L'ÉCOLOGIE N'AVANCE PAS SEULE

La planète ne peut pas mourir, elle ne ressent pas de douleur, n'a pas de conscience. De son point de vue, abriter une biodiversité fantastique ou n'héberger qu'une immense colonie de tardigrades s'ébattant sur des sols acides, ça ne change rien.

En revanche, ça change beaucoup de choses pour nous, les humain·e·s, et puis pour les autres espèces aussi.

Par exemple, les fruits bios des supermarchés sont parfois importés depuis des pays où l'on sait que des immigré·e·s sont exploité·e·s dans de grandes fermes. Alors même si ces végétaux ont effectivement poussé sans pesticides, ils restent nocifs.
Si on se bat pour maintenir notre environnement stable, c'est pour vivre heureux·ses sur Terre. C'est pourquoi l'écologie n'a pas de sens sans le développement et la dignité humaine.
Ils auront participé à l'exploitation humaine, et ça, c'est non !

C'est pourquoi l'écologie marche avec la lutte pour les droits humains.
C'est quoi ?

Ce sont les droits auxquels chaque être humain peut prétendre du simple fait d'être né.
Comme le droit à la dignité, à la liberté d'expression, etc., mais aussi l'interdiction de la peine de mort, de la torture, de l'esclavage. Les droits de l'homme nous protègent et nous permettent de nous engager sereinement pour la planète.
Ils sont les alliés de l'environnement et poursuivent le même but que l'écologie : le bonheur.

À TOI DE RÊVER

Dire « je ne mangerai plus de gâteaux industriels,
je ne voyagerai plus en avion, je ne prendrai plus de bain,
je ne ferai plus de feu de cheminée... »
ça donne un peu envie de se pendre.

On est jeunes,
notre vie
commence à peine,
et on voudrait déjà
tout nous interdire.
Non !

Au contraire, il faut ouvrir les possibilités et rêver !
Moi, j'ai besoin d'imaginer l'avenir d'une belle façon.

Par exemple, moi,
ça me plaît d'imaginer
une grande ville toute verte.
Les grosses villes
me dépriment à cause
de toutes ces voitures,
toute cette grisaille,
ces vieux immeubles tous cracra.
Sauf que j'ai pas du tout
envie d'habiter ailleurs.
Je voudrais plutôt
participer au verdissement
des grandes villes.
Je voudrais des murs
et des toits végétalisés.
Je voudrais des vergers
urbains et des moutons
pour tondre les pelouses.
Je voudrais remplacer
l'asphalte par des sols
qui laissent passer l'eau de pluie,
et puis plein de plans d'eau
pour réduire la chaleur
et aider la biodiversité.

velobus

Moi,

les petites villes, ça me botte.
On pourrait faire des petits immeubles,
pour limiter l'emprise au sol,
avec des jardins communs.
On irait au centre ville à vélo.
On connaîtrait les fermiers du coin,
on leur passerait commande
directement et ils nous livreraient
toutes les semaines
dans une boutique réservée à ça.
Dans notre immeuble, on aurait
plein de choses en commun
avec les voisins.
Ça serait une vie très collective.
On aurait une buanderie,
un atelier de bricolage,
et plein d'outils en commun.
On amènerait les enfants à l'école
en vélobus, ça serait trop cool !
On pourrait s'offrir
des services les uns aux autres :
un atelier de réparation
de vélos, des cours de jardinage,
des conversations
en langues étrangères,
des produits ménagers maison.

Moi,

j'irais bien m'installer à la campagne.
Ça me va de devenir fermier.
J'ai envie d'avoir un élevage,
mais je traiterai
super bien mes animaux.
Je produirai moi-même
la nourriture de mes cochons
pour être sûr qu'elle soit
de qualité exceptionnelle.
Je n'utiliserai aucun pesticide
ni insecticide qui ne soit pas naturel.
Les porcelets seront élevés
par leur mère. Ils seront
dans de grands enclos,
avec une forêt de chênes dedans
pour pouvoir manger des glands.
Il y aura aussi des fleurs mellifères,
pour aider les abeilles.
Je ferai moi-même la charcuterie
qui sera bio, sans produit néfaste
pour la santé.
Je vendrai ma charcuterie
aux boucheries du coin
ou alors dans des coopératives.
Et comme ça sera de la très
bonne viande de qualité,
les gens en redemanderont
tout le temps !

Moi,

j'ai envie de voyager.
Avec des copains,
on remontera les canaux
d'écluse en écluse.
On pourrait remonter le Danube,
il traverse dix-neuf pays !
Dès qu'on arriverait
dans un endroit qu'on aime,
on s'arrêterait quelques jours
pour visiter, faire du vélo,
tester toutes les spécialités
gastronomiques. On pourrait partir
entre copains, et s'arrêter
dans les ports de Vienne,
Bratislava et Budapest.
On profiterait de la lenteur
de notre voyage pour prendre
le temps d'écrire et de dessiner.
Parce qu'on sera des artistes.
Moi j'écrirai des chansons
et mes amis les chanteront.
On fera des soirées formidables
sur notre bateau.

Moi,

je ne sais pas bien
comment j'aimerais vivre,
mais je crois que j'aimerais me battre
pour mes idées. Ça me plairait
d'aller rencontrer les jeunes militants.
J'ai entendu qu'il y avait des actions
pour sauver les arbres à côté de chez moi.
J'ai envie de participer à la guerilla green,
en plantant des fleurs sauvages partout
en ville. Ou alors organiser une grande marche
des jeunes. Chacun partirait de chez lui
pour aller marcher jusqu'à l'ONU à Genève.
On déposerait une pétition de millions
de signatures de jeunes pour forcer
les dirigeant·e·s à renoncer
à tous leurs projets polluants.

SAUVONS
LES ARBRES

Moi,

j'imagine une forêt
pleine de beaux arbres.
On vivrait tous ensemble,
avec les chevreuils, les oiseaux
et les humains. Le soir,
on chanterait des chansons
en se gavant de glands.

Moi,

j'ai envie de monter mon entreprise.
J'ai plein d'idées pour développer l'économie circulaire. Je veux dessiner des vêtements éco-conçus. Je créerai de l'emploi sur place. J'aurai une usine dans laquelle on aura tout pensé, depuis le choix des fibres textiles jusqu'à la coloration et à la distribution locale, bien sûr. Ce seront des vêtements de qualité, pas des trucs qu'on jette au bout d'un an.

cours
de
gentillesse

Moi,

je voudrais créer
une école différente.
On serait dans la forêt,
on apprendrait aux enfants
à vivre dans la nature.
Ils connaîtraient
les noms des arbres,
ils sauraient faire pousser
leur nourriture
et construire des cabanes.
Si je trouve un prof
de maths gentil, je l'emploierai,
sinon tant pis, pas de maths !
D'ailleurs, le cours
le plus important,
ça serait le cours de gentillesse,
pour enseigner aux enfants
l'art de créer le bonheur
autour de soi.

Moi,

j'ai pas encore d'idée,
on verra plus tard
ce que je trouve.
Soit je serai la femme
qui va inventer le premier
piège à GES atmosphériques
vraiment efficace.
Soit je vais inventer une source
d'énergie hyperpuissante
qui ne pollue pas.
Ou alors je pourrai me lancer
dans un élevage de tardigrades bios,
j'aurai des troupeaux
que je ferai paître sur
les mousses de mes forêts
boréales, à voir...

Ou alors je reste là,
et je rêve un peu avant
d'aller prendre mon goûter.

Quelles associations contacter pour agir ?

Si tu veux agir concrètement, il existe de très nombreuses associations locales qui proposent de participer à des campagnes de collectes de déchets, de comptages d'animaux, de sauvetage de grenouilles ou des hérissons, etc… Pour les trouver, tu peux te renseigner à la Mairie de ta ville qui édite sûrement un guide des associations présentes sur son territoire.
Sinon, il existe également quelques associations nationales qui organisent des actions locales :

- **Centre Permanent d'Initiatives pour l'Environnement (CPIE)**
https://www.cpie.fr/
Très pratique pour trouver des actions près de chez toi. Ce réseau compte 80 associations qui coconstruisent avec les habitants des projets en faveur de la transition écologique.

- **Alternatiba**
https://alternatiba.eu/
Mouvement citoyen oeuvrant pour le climat et la justice sociale, Alternatiba organise des actions locales pour promouvoir les alternatives écologiques, plaide auprès des élus locaux, et met en place des ateliers et événements.

- **Surfrider foundation**
https://surfrider.eu/
Avec ses 48 antennes locales en Europe, Surfrider cherche régulièrement des bénévoles pour les collectes de déchets sur les plages, mais aussi des actions des sensibilisation et des événements.

- **Génération climat**
https://www.fnh.org/generation-climat-soutenir-jeunes-engages/
Le programme Génération Climat accompagne les jeunes qui veulent s'engager. Financements, promotion, journées d'information, tout est organisé pour soutenir les jeunes dans leurs projets écologiques et solidaires.

Éditrice : Isabelle Péhourticq
Directeur de création : Kamy Pakdel
Maquette : Christelle Grossin
© Actes Sud, 2022 – ISBN 978-2-330-16999-2
Loi 49-956 du 16 juillet 1949 sur les publications destinées à la jeunesse.
Reproduit et achevé d'imprimer en septembre 2022 par l'imprimerie Jelgavas Tipogrāfija pour le compte des éditions ACTES SUD, Le Méjan, Place Nina-Berberova, 13200 Arles
Dépôt légal 1re édition : octobre 2022 – Imprimé en Lettonie